我的书去向哪儿

所有我汇集来的词语，
所有我写下的词语，
必将展开它们的羽翼，不知疲倦，
在飞行途中永不停歇，
直到抵达你的悲伤，你的心，
在夜晚为你歌唱，
越过起伏的海浪，
暗涌的风暴或闪耀的明星。

W.B.叶芝

威廉·巴特勒·叶芝（1865—1939）1865年6月13日出生于爱尔兰都柏林，被誉为现代最伟大的诗人之一。1923年他被授予诺贝尔文学奖。

叶芝的父亲，肖像画家约翰·巴特勒·叶芝，为年轻的威利（William的昵称）·叶芝读过很多诗歌，他还从他的母亲苏珊那里听到许多家乡斯莱戈的传说。叶芝和他的姐妹苏珊（莉莉）、伊丽莎白（洛丽）、简·格蕾丝，他的兄弟杰克、罗伯特，在斯莱戈、都柏林和伦敦度过了童年时光。

叶芝曾就读于伦敦哈莫斯密斯的戈多尔芬小学、都柏林的埃拉斯莫斯高中、都柏林大都会艺术学院。尽管叶芝具有出众的艺术才华，他还是决定成为一位诗人。

叶芝是19世纪末20世纪初爱尔兰文艺复兴运动的关键人物。他早期的诗歌和故事创作，受到爱尔兰神话与民间故事的启发。他写过关于爱尔兰政治与爱情的作品。此外，他对魔法、神秘主义与招魂术饶有兴趣。

年轻的时候，叶芝爱上了政治积极分子和民族主义者茅德·岗，但随后他和乔治（乔琪）·海德·丽斯结了婚，他们都是伦敦"金色黎明"魔法会的成员。他们有两个孩子，安妮与迈克尔。

叶芝有一位极为重要的朋友，即住在戈尔韦郡高特的柯尔庄园的奥古斯塔·格雷戈里夫人。他经常去拜访她，在她的房屋和花园里创作了很多诗歌和剧本。

叶芝和格雷戈里夫人与其他几位朋友一起创办了爱尔兰国家剧院（著名的艾比剧院），并创作了许多剧本在那里演出。他还是一位重要的文化人物，在1922年被任命为爱尔兰自治邦的参议员。叶芝于1939年1月28日在法国逝世，随后被埋葬在斯莱戈郡的德拉克里夫教堂墓地。

诺琳·杜迪博士出生并生活于都柏林。她在都柏林大学学习英语和法语，并在都柏林大学圣三一学院获得了英语文学博士学位。作为一位老师，很多年来她因为向孩子们和成人介绍爱尔兰杰出的诗歌、散文和戏剧遗产而感到快乐。她是英语文学高级讲师，曾任都柏林拉姆康德拉大学圣帕特里克学院英语系主任。目前，她任职于都柏林城市大学英文系，教授儿童文学硕士课程。她是W.B.叶芝和奥斯卡·王尔德的研究专家。

苏格兰出生的**夏娜·雪莉·麦克唐纳**，是爱尔兰沃德福德郡的一位艺术家。她出版的插画包括丽塔·凯莉的诗歌回顾展《旅行至天际》（*Turas Go Bun Na Spére*）和两本苏格兰盖尔语小说：《遏风止雨》（*Cuir Stad air an Stoirm Shneachda*）、《勇敢的山雀》（*An Smutag Ghaisgeil*）。她的工作范围，涵盖从诗歌和小说出版，到戏剧和电脑游戏的前期插图。她还为米瑞雷格（*Mireog*）公司设计贺卡和T恤，作品曾经在国内和国际上展览。

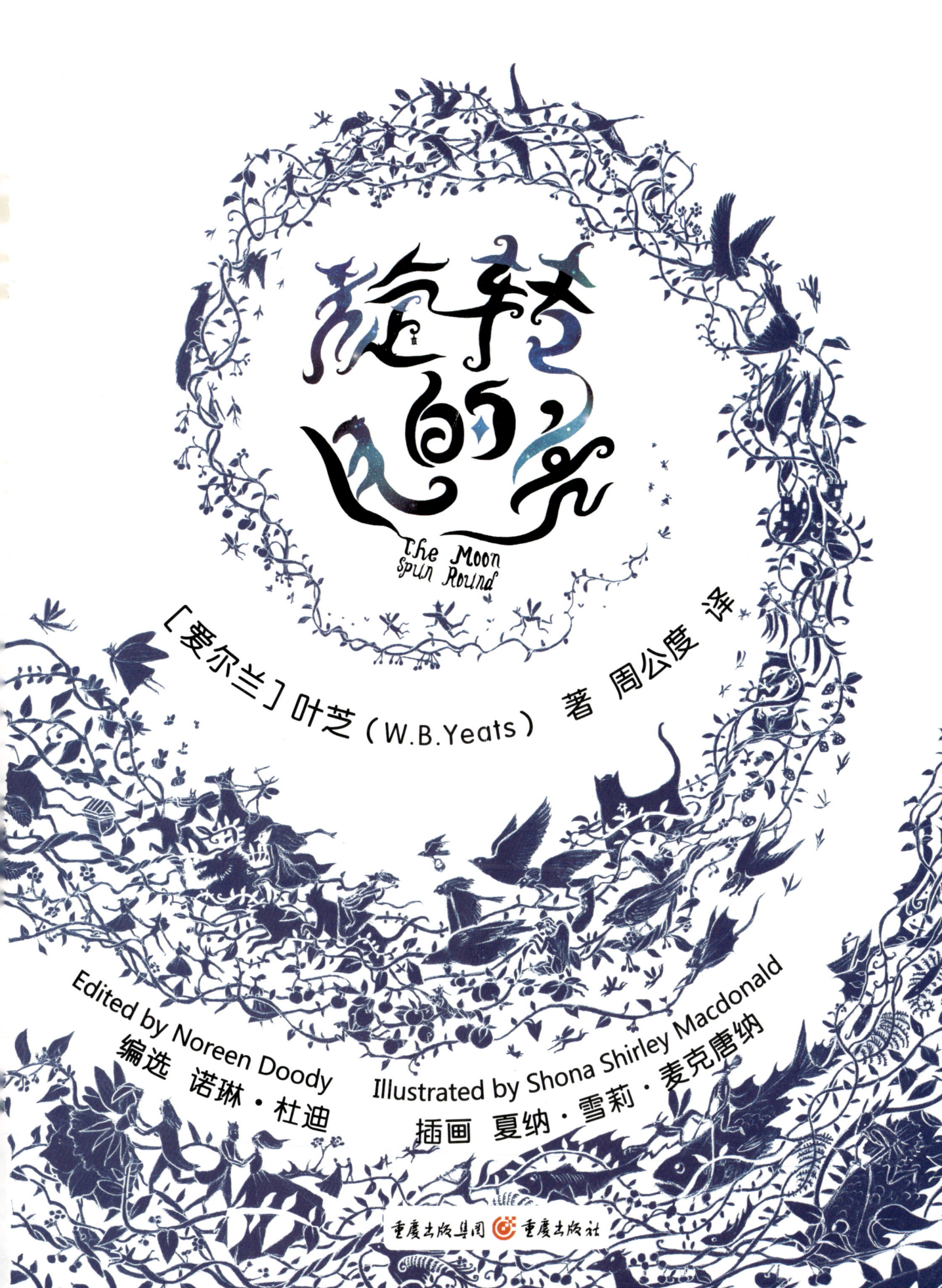

旋转的，光
The Moon Spun Round

［爱尔兰］叶芝（W.B.Yeats）著　周公度 译

Edited by Noreen Doody
编选　诺琳·杜迪

Illustrated by Shona Shirley Macdonald
插画　夏纳·雪莉·麦克唐纳

重庆出版集团　重庆出版社

鸣 谢

我想感谢已故的安妮·叶芝的慷慨，她和我分享了这本书中回忆的她童年时代的故事。我想感谢迈克尔·奥布莱恩的支持和他对美学理念的坚守；感谢玛丽娜·卡尔，她把我的研究介绍给迈克尔；感谢苏珊·霍尔顿富有洞察力的编辑，艾玛·伯恩出色的设计，恩德·尼·雷伽尔有益的建议。我要感谢夏娜·雪莉·麦克唐纳精美、神奇的插画，这些插画映衬出了叶芝的语言之美。

我特别感谢德克兰·基伯德教授的慷慨支持和鼓励。我还要感谢西莉亚·基南和特伦斯·布朗教授阅读了初稿。我非常感激都柏林城市大学英语学院和儿童文学与文化中心的同事们的支持，以及爱尔兰国家图书馆的玛丽·布罗德里克，爱尔兰国家美术馆的莉亚·本森的帮助。

我要向我美好的女儿们，莉安、夏特尔、奥德、贾丝廷和克洛伊，表达最深挚的感激，感谢她们源源不断的支持和爱。在编写这本书期间，她们的专业知识和建议对我而言非常珍贵。

诺琳·杜迪

献给：
劳拉、丹尼、米洛和蕾拉

目 录

导读 7

致凯尔纳诺的一只松鼠 9
都尼的小提琴手 10
仙军的出征 12
被偷走的孩子 14
茵纳斯弗利岛 21
男人和他的靴子 22
柯尔庄园的野天鹅 24
猫与月亮 28
致一个风中舞蹈的孩子 32
奔向天堂 34
顽皮的山楂树 38
他希望得到天国的衣裳 40
漫游者安格斯之歌 42
国王的智慧 47

叶芝和他的家庭 55
叶芝的童年时光 56
叶芝十一岁时的一封信 60
叶芝与他的女儿 61
叶芝的智慧——译后记 64
参考书目 66

导　读

> "乌鸫中的白鸟，
> 俗世里的天才。"
>
> 诗人凯瑟琳·泰楠论叶芝

　　叶芝的诗和童话倾心于自然与想象的世界，它们充满了令人着迷的事物和日常的奇迹。

　　《旋转的月亮》意图将这位优异诗人和故事讲述者的宝藏精选而出。在艺术家夏娜·雪莉·麦克唐纳的帮助下，叶芝的文字以一种鲜活的、饱含希望的、迷人的方式，得以呈现，说明爱尔兰最著名的诗人足以被所有年龄层的读者喜爱。

　　叶芝的诗和童话处处可见地名和自然地标，诸如山脉、湖泊和瀑布。他相信人们喜欢旷野和大海，因为这些"美丽的传说和令人悲伤的故事"一直在这块土地上流传。他希望用自己富于想象力的创作，承续这个传统。斯莱戈郡和戈尔韦郡乡下的地名和标志时常出现在这本书中。你可以看到五十九只天鹅在柯尔庄园的充盈湖面上，也可以看到居住在凯尔纳诺森林中的松鼠；其中一只在戈尔韦郡柯尔的七片森林里，这是叶芝的朋友格雷戈里夫人的居住之地。

　　叶芝小的时候，在斯莱戈郡和他的祖父母生活过一段时光。他认为斯莱戈是一个神奇的地方，经常写到它的景物和仙人出没的仙山，还有仙人（也可以称作"精灵"），它们的地下居所。在斯莱戈的许多地方，都能发现这本书中的诗篇与故事的踪迹，包括格兰卡瀑布、达尔根城堡遗址、劳弗·陶特的风之谷、都尼·罗科和茵纳斯弗利岛。

　　在诗和童话中，叶芝探索这个世界，以及可能存在的事物。他沉迷于神秘主义，对魔法的知识有很深的了解。叶芝说，这些仙人，或者说精灵们，都属于女神丹努之子，是爱尔兰古老的神祇，它们仍然统治着这个国家。在《被偷走的孩子》（The Stolen Child）中，它们诱使人间的孩子去往"湖水与山野"。在《漫游者安格斯之歌》（The Song of Wandering Aengus）中，安格斯是爱和诗歌之神，"闪着微光的姑娘"是女神丹努之子中的一位，拥有变幻自身的魔力。

　　叶芝写下了那些耳熟能详的、诙谐有趣又奇异的神秘事件。有一个采集自多尼格尔的故事，讲述了一个人被自己的靴子撵出鬼屋的经历。在《国王的智慧》

（*The Wisdom of the King*）里，一位小王子被一位古老的爱尔兰神话中的黑暗女神灰鹰老太婆拜访，她实现了保姆期望孩子聪明的愿望，在他人间之子的血液中混合了她们灰色的精灵血液。孩子长大后，成为了迥异于他的子民的人。在很多神话故事中，保姆们都会注意到这种警告："提防梦想成真！"叶芝相信讲故事的魔力，迷恋着爱尔兰的民间故事和传说，他从戈尔韦郡和斯莱戈郡搜集了许多民间故事，并改编成为自己的故事作品。

自童年时期开始，叶芝对自然就有着强烈的兴趣。他的宠物有蜥蜴、狗和一只没有尾巴的大白鼠，他将它藏在口袋里。在他的很多诗篇中，都表现出了他对动物行为的细致观察，从柯尔庄园的野天鹅到昏昏欲睡的水鼠，拍动翅膀的苍鹭以及黑猫米罗娜跑过草地时，腾挪着它轻柔的小脚。

叶芝认为，"一首没有韵律的诗就不是诗"。他的诗歌具有强烈而多变的韵律，完美适宜于大声的朗诵。叶芝的女儿安妮记得，他的父亲在构思诗歌的时候，手指总是轻敲着节奏。

诗中的韵律流畅而轻快：

沿着斑斓的草地漫步，
去采摘，
月亮的银苹果，
太阳的金苹果——
直到此生不再。

有时，它们是迅速而坚决的，就像跑步时双脚的跳动：

狂风已经疲软但仍在驰骋，
而我必须日夜兼程，
因为我正奔向天堂。

叶芝幻想出了令人惊讶的图像：一只眼睛内变幻着月亮的猫咪，像海浪一样跃动的舞者，以夜晚、白昼和晨曦织成的衣裳，一位长着灰鹰羽毛头发的国王。还有很多很多……

现在啊，让叶芝带领你相逢那凯尔纳诺的松鼠、都尼的小提琴手和诺克纳瑞的精灵吧！快速穿过那乱石嶙峋的高地，沿着森林小路，在海边翩翩起舞，站立在顽皮的山楂树下，或者去那蜜蜂鸣唱的林间空地，那湖水的边际，那魔幻的月光照耀之处，驻足停留。

致凯尔纳诺的一只松鼠

来啊,来和我玩;
你为什么要跑呢?
奔跑过颤动的树干,
仿佛我带了一把枪,
会把你击杀?
我想做的只是
挠挠你的脑袋呀,
然后,就让你离开。

都尼的小提琴手

在都尼，我演奏小提琴的时候，
乡村舞蹈就像一阵阵海浪；
我的表弟是基尔瓦讷的牧师，
我的哥哥在莫卡兰勃那地方。

我走过我的哥哥和表弟面前：
他们沉浸于他们的祷告之书；
我呢，则读着我在斯莱戈集市
买到的一本乐谱。

当我们来到时间的尽头
面对列席的圣彼得，
他将对这三个老灵魂微笑，
并让我第一个穿过门道；

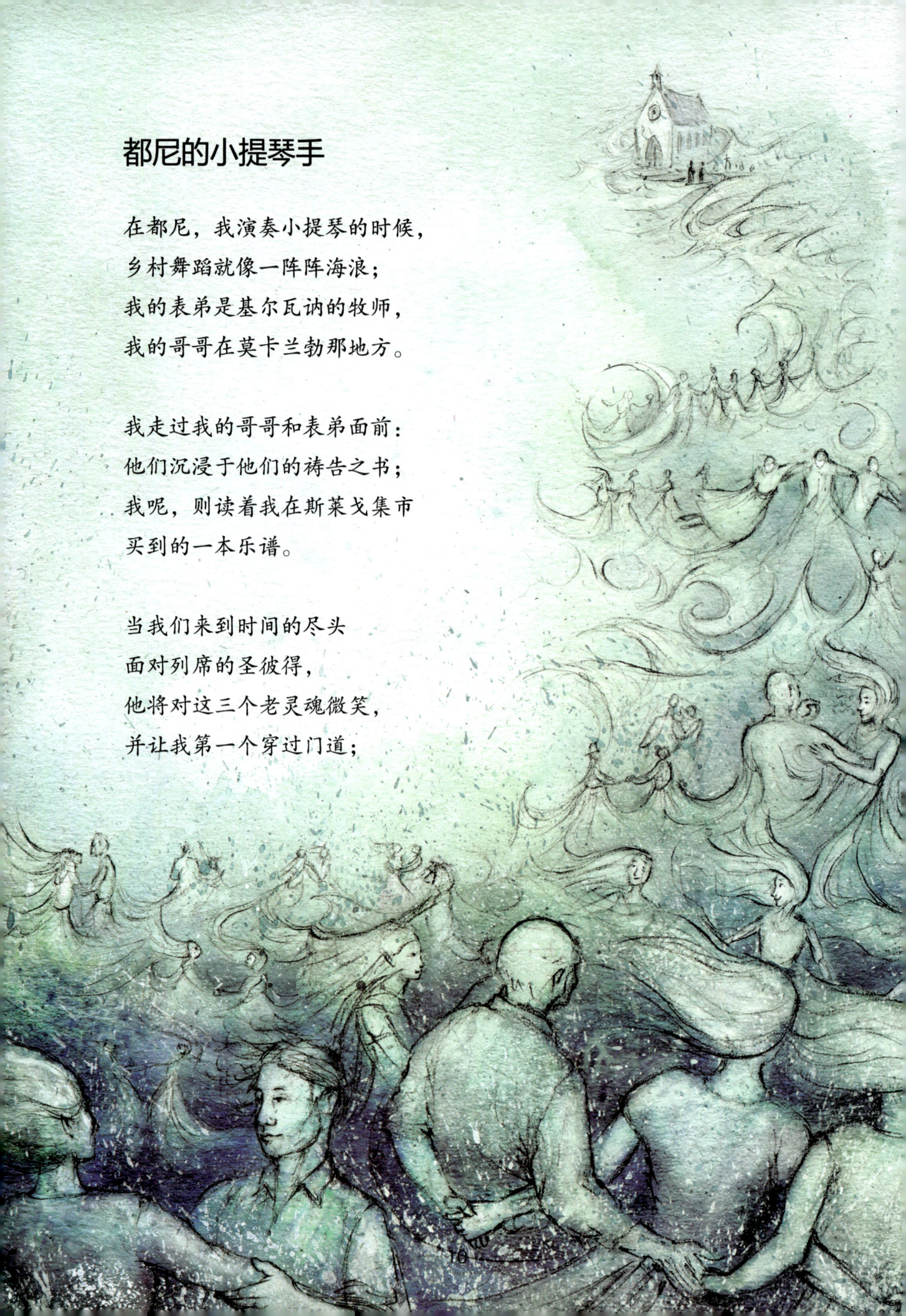

因为那杰出的总会欢乐地,
从不好的运气中脱身,
而欢乐的人喜爱小提琴,
欢乐的人喜爱跳舞蹈。

当那儿的人们看到我,
他们都会在我面前停步,
说"这就是都尼的小提琴手啊!"
并像海浪一样跳起舞。

仙军的出征

大军正从诺克那瑞亚驱驰而来
穿过克露斯·娜·拜娥的墓地；
考尔特晃动着他的红发，
尼娅芙呼喊着：*出发啊，出发！*

丢掉你们心中的凡俗幻梦。
风儿已经苏醒，树叶飞旋，
我们的面孔苍白，头发散乱，
我们的胸膛澎湃，双眼闪亮，
我们挥舞着手臂，嘴唇张开，

假如谁注意到我们的急行军团,
我们就来到他与他努力的事业之间,
我们就来到他与他内心的渴慕之间。

大军正驱驰而来,日夜兼程,
哪儿还有如此美好的希望或事业?
考尔特晃动着他的红发,
尼娅芙呼喊着:*出发啊,出发!*

被偷走的孩子

湖水中的史留斯丛林
位于乱石嶙峋的高地斜坡上,
有一个绿荫覆盖的小岛。
在那儿苍鹭拍打着翅膀,
唤醒昏昏欲睡的水鼠;
在那儿我们藏起了仙人们的大桶,
装满各种浆果
和偷来的鲜红樱桃。

来呀,人境的孩子!
来这湖水与山野,
和仙人一起,手牵着手,
这世界上哀伤遍布,超出你的理解。

月光照耀着海浪,
灰暗的沙滩变得明亮。
在遥远的罗西斯,
我们彻夜步履不停
跳着古老的舞步,
握着不同的双手,交换着眼神
直到月亮消沉;
我们在周围跳跃不已,
追逐着浪花泡影,
即便这世界烦恼漫长
连睡眠也难以保障。

来呀,人境的孩子!
来这湖水与山野,
和仙人一起,手牵着手,
这世界上哀伤遍布,超出你的理解。

从格兰卡山顶
蜿蜒的水流喷涌而下,
流入芦苇中间
一颗星星也难洗澡的小水潭,
我们寻找着睡眠的鳟鱼,
在它们的耳边低语,
给它们不安的梦境;
在那轻快的溪流上,
在流泪的蕨类植物旁,
静静地徜徉。

来呀,人境的孩子!
来这湖水与山野,
和仙人一起,手牵着手,
这世界上哀伤遍布,超出你的理解。

他跟随着我们来了,
神色凝重:
他再也听不到那牛犊
在温暖的山坡上哞叫,
也听不到炉架上的水壶
柔美地进入他的梦乡,
也不能看到棕鼠的跳跃
围绕着燕麦箱口撕咬。

只因为他来了啊,人境的孩子!
来这湖水与山野,
和仙人一起,手牵着手,
这世界上哀伤遍布,超出你的理解。

茵纳斯弗利岛

我要起身出发了,去茵纳斯弗利岛,
在那儿建一座小屋,泥土和枝条筑就的小屋:
我将会有九行芸豆架,一排蜂巢,
倾听着蜜蜂的鸣唱,幽境独处。

我将获得安宁,它缓步而来,
从晨曦到蟋蟀的歌吟之地;
在那里午夜一片闪亮,正午是绚丽的紫色,
夜色里,处处都是红雀的翅翼。

我要起身出发了,因为我听到
湖水日夜不息轻拍着湖岸;
无论我站于公路,或是灰暗的人行街道,
内心深处都能听到它的召唤。

男人和他的靴子

选自叶芝《凯尔特的薄暮》

多尼格尔有个不信神灵的人,从不听什么鬼怪精灵的故事。在多尼格尔有一幢房屋,自从有人发现它,那儿就一直闹鬼。下面这个故事讲的,就是这幢鬼屋如何教训了这个不信宗教的人。

这个人进入鬼屋,在闹鬼的房间楼下生起火,脱掉靴子放在炉边,伸展四肢,暖暖地休息起来。有一个瞬间,他愈加坚信了自己的判断;然而当夜晚降临,四周一片漆黑,他的一只靴子开始移动。它从地板上跳起,慢慢朝门口跳跃,接着另一只靴子也跟了过来,而第一只靴子再次跳起。这个人随即想到,是有个看不见的幽灵穿上了他的靴子,现在正穿着它们大摇大摆呢。这双靴子走到门口,慢慢向楼梯上爬去,紧接着这个人听到它们在他头顶闹鬼的房间里,脚步沉重地来回踱步。

几分钟后,他听到它们再次靠近楼梯,走到外面的走廊上,然后其中的一只靴子走到门内,另一只也跳跃着跟了进来。它们直直地朝他跳来,其中的一只靴子跳起踢了他一脚,接着另一只也踢了他一脚,然后第一只又踢了他。就这样踢个没完,直到它们把他赶出房间,又驱逐出这幢房屋。

就这样,这个人被自己的靴子踢出了大门,多尼格尔狠狠地教训了怀疑它的神秘的人。至于那看不见的幽灵究竟是鬼怪或者仙人,已经没有确凿的记录。但是,这奇异古怪的复仇方式,倒像是生活在虚幻之中的仙人们的做法。

柯尔庄园的野天鹅

树木们满身秋日的美色,
林间的小径明净干爽,
在十月的黄昏中,流水
映照着静寂的天空;
在浮现着石头的充盈水面上
浮游着五十九只天鹅。

自从我第一次数过它们,
已经过去了十九个秋天;
我发现,当我想更认真地计算一遍,
它们猛然飞出水面
大声地拍打着翅膀
盘旋出阔大而随性的圆圈。

我注视着这些光彩闪耀的生灵,
此刻我的心却为之哀伤。
一切都已改变了,自从我第一次在湖边,
也是一个黄昏的时光,
它们在我的头顶拍打着翅膀,
步履轻盈。

依然不知疲倦,一对对情侣,
在冰冷中嬉戏,
友善地浮游或者飞入空中;
它们的心没有老去;
激情与征服之意,听从内心,
仍然随心所欲。

此刻它们浮游在静寂的水面，
神秘难测，如此迷人；
它们将筑居于哪里？
哪一处湖边或水塘？
当我有一日醒来，
发现它们已经离开。

猫与月亮

猫咪这儿走那儿跳
月亮呢,像一个陀螺旋转不停,
这矫健柔软的猫,
月亮的近亲啊,抬头望着。
黑色的米罗娜注视着月亮,
时而游荡,时而哀叫,
天空中清寒的冷光
令它体内本能地不安烦躁。

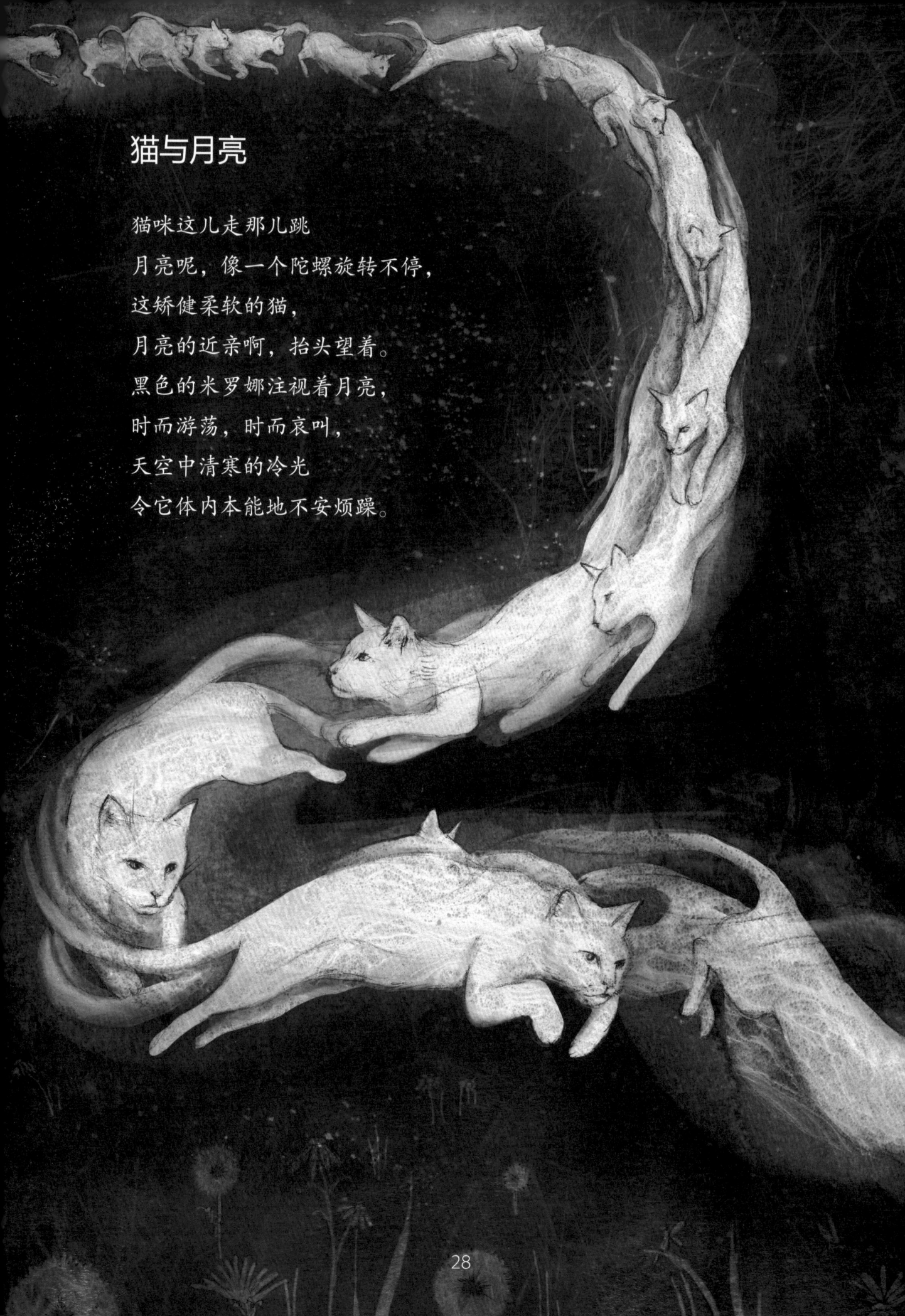

米罗娜腾挪着它轻柔的小脚
在草地上翻滚。
你跳舞吗,米罗娜,你跳舞吗?
当两个亲密的近亲相遇,
还有什么比跳舞更妙?
也许月亮可以学点新的,
温雅时髦的那一套令人厌倦,
新的舞步有待发现。

米罗娜匍匐着爬过草地
经过月光照耀之处,
神圣的月亮高悬头顶
进入了崭新的月相。
米罗娜是否知道它的瞳孔
将为此变化来去,
从满月到弦月,
又从弦月到满月,盈亏有序?

米罗娜匍匐着爬过草地
孤单,傲慢,伶俐,
跟随着那变幻的月亮
抬起它变幻的双眼。

致一个风中舞蹈的孩子

在海边舞蹈,
你有什么忧虑,
海风或者海水的咆哮?
它们吹散了你的头发,
使它们咸湿粘滞。
作为孩子,你还不知晓
傻瓜们的胜利,与爱情
一来到就会失去;
最好的劳动者已经死掉,
而所有的稻稞还有待捆束。
你还有什么值得恐惧
滔天飓风的怒号?

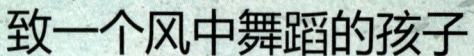

奔向天堂

当我越过狂风山谷之时
他们抛到我的帽子里半个便士，
因为我正奔向天堂；
我所做的一切只是充满期望，
有人把手伸近盘子，
投给我一点儿咸鱼：

在那儿，国王宛如乞丐。

我的兄长姆尔汀疲惫不堪,
忙于应对愚弄他的吵嚷,
而我正奔向天堂;
窘迫的生活里,他尽情而为,
虽然他有一条狗,一支枪,
一个女仆,一个男仆:

在那儿,国王宛如乞丐。

穷困的人变成了富裕的人,
富裕的人又变成了穷困的人,
而我正奔向天堂;
校园里那些曾使我赤脚翘望的人,
许多宠儿已变得呆滞,
如今它充满了旧的袜子:

在那儿,国王宛如乞丐。

狂风已经疲软但仍在驰骋
而我必须日夜兼程,
因为我正奔向天堂;
但是我从未遇见一个朋友
把我的梦想视为
一文不值又难以约束的狂风:

在那儿,国王宛如乞丐。

顽皮的山楂树

啊,我看到一幅庄严的景象;
步履疲倦的旅行者,漫不经心地说:
达尔根城堡的废墟一片明亮,
可爱的女士们在里面翩翩起舞。

她们尽情地舞蹈,那些时光已经消逝;
那弯曲的、顽皮的山楂树说:
可爱的女士与英勇的男人
已化为冷寂的尘埃或一点儿白骨。

哦，生命不过是一口空气；

步履疲倦的旅行者，漫不经心地说：

所有可爱的事物均是如此

活着呀，我只为看她们在那儿舞蹈嬉戏。

没有人知道会发生什么；

弯曲的、顽皮的山楂树说：

我已经在这堵墙的缝隙里站立了很久，

也许我永远不会被死亡吞没。

他希望得到天国的衣裳

假如我拥有天国的衣裳,
以金灿的与银白的光线织成,
这属于夜晚、白昼和晨曦的
蓝色的与灰色的、黑色的衣裳,

我将把它们铺展在你的脚下：
但是我正陷入贫穷，只有梦想；
我把我的梦想铺展在你的脚下；
你轻轻地踩啊，踩在我的梦想之上。

漫游者安格斯之歌

我出门去到榛树丛林,
只因心中有一团火,
我砍了一根树枝剥去皮,
又用线钩上一枚浆果;
当白色的飞蛾扇动翅翼,
群星闪烁,宛如飞蛾,
我把浆果没入溪流
钓住一条小鳟鱼的银色。

我把它放在地上
将火焰吹得高灼,
但地上有什么沙沙作响,
有人呼喊着我的名字:
小鳟鱼已变成闪着微光的姑娘。
她头上戴着苹果花环,
喊着我的名字跑去,
在曙光中,越来越远。

虽然我流浪经年
穿过无数的峡谷山丘,
我一定要寻觅到她的踪影,
吻她的嘴唇,执着她的手;
沿着斑斓的草地漫步,
去采摘,
月亮的银苹果,
太阳的金苹果——
直到此生不再。

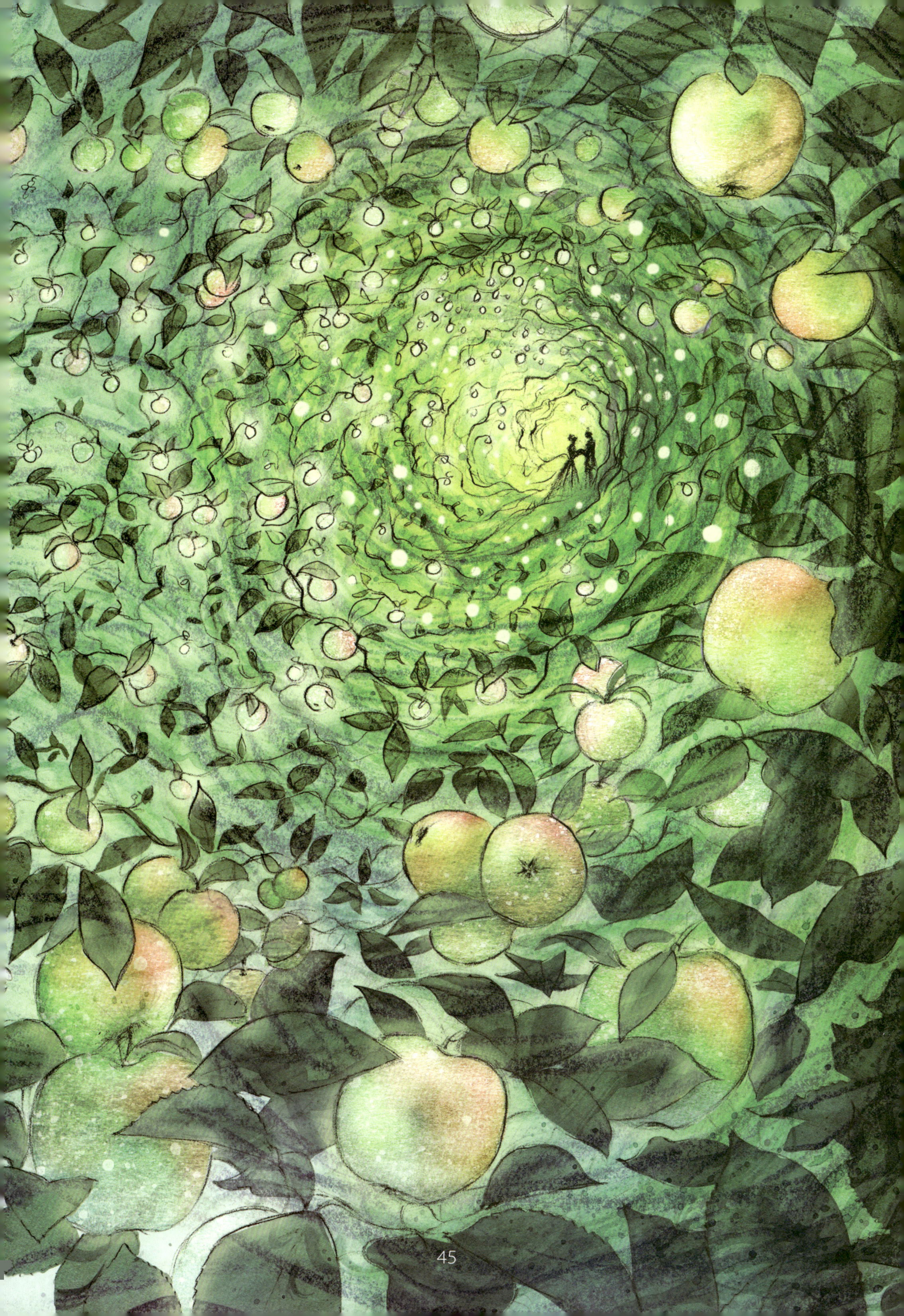

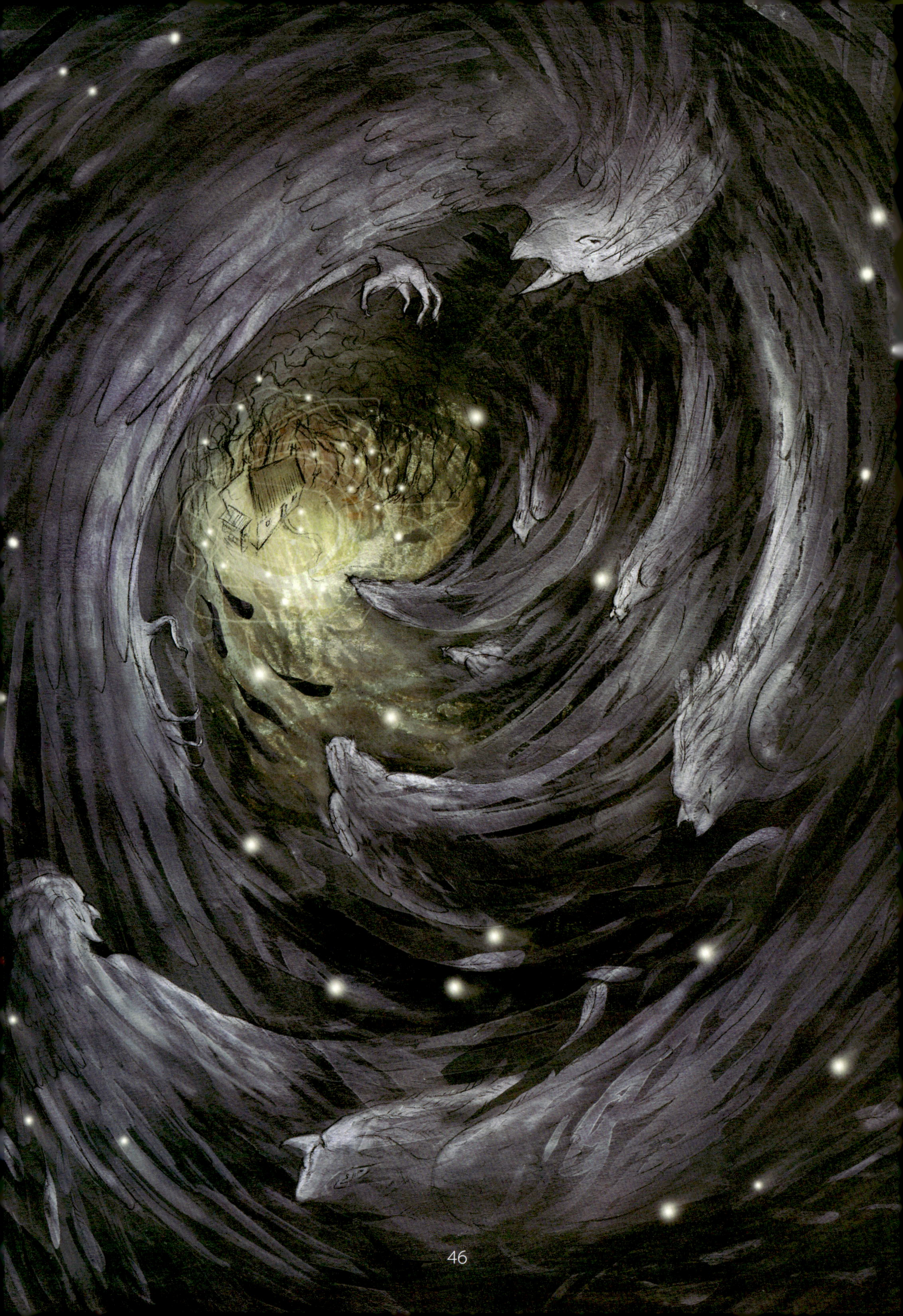

国王的智慧

选自叶芝《秘密的玫瑰》

尊贵的爱尔兰王后分娩时去世了,她的孩子被寄养在一位妇人家中,这位妇人住在森林边际的一幢小屋子里。

一天晚上,这位妇人摇着摇篮,一边看着美貌的孩子遐想,祈愿神灵庇佑他的智慧胜过他的容颜。这时,门外传来一阵敲门声,她很疑惑地站起身,因为最近的邻居也住在一英里外的王城,何况现在夜色已经很深。

"谁在敲门?"她喊道。一个细细的声音回答道:"快点开门!我是灰鹰老太婆,来自茂密森林最黑暗处。"

她战战兢兢地拉开门栓,是一个穿着灰色衣服的老妇人,她比普通人高很多,进门后站立在摇篮的前头。保姆退缩到墙根站着,无法从这个妇人身上移开眼睛,因为透过闪烁的火光她发现,这老妇人的头上是羽毛而不是头发。

"开门!"又一个声音喊道,"我是灰鹰老太婆,我监视着她在茂密森林最黑暗处的巢穴。"

妇人再次打开了门,她的手指哆哆嗦嗦几乎捏不住门栓了。然后,又来了一个灰衣服的老太婆,比上一个老太婆还要老,头上也长着一样的羽毛而不是头发,她进来后站立在第一个老太婆的旁边。过了一会儿,又来了一个老太婆,然后是第四个,再接着是另一个,就这样一个接一个,直到这小屋塞满了她们巨大的身体。她们沉默了很久,最后,其中的一个用低沉的声音咕哝着说:"姐妹们,我认识

他，他的心脏就像银色笼子中鸟儿一样欢快歌唱。"然后，她们齐声歌唱起来，靠近摇篮的老太婆用满是皱纹的长手指摇着摇篮。这时，她们的声音像风一样回荡在茂密的森林中，她们唱的歌谣是这样的：

> 眼不见就不会入心：
> 男人与女人都是如此，
> 怀着坚定的意志，轻松的心情；
> 带上我们的小麦，
> 带上我的祭坛；
> 只剩下冰雹、暴雨和雷鸣，
> 直到我们红色的心变成灰色，
> 真真切切，直到时光消逝。

歌声结束后，原先第一个说话的老太婆说："我所能做的事情很少，不过可以把一滴我们的血和他的血融汇在一起。"说完，她让妇人取来一个纺锤，抬起胳膊对着纺锤的锋利尖头，一滴血流了出来，薄雾一般灰白的血，她把这滴血滴在孩子的嘴唇上，然后，她就消失在了夜色里。

老太婆们走完后，这位妇人恢复了勇气，急忙跑向国王的皇宫，在宫廷大厅哭诉着，说今晚有仙人在孩子面前俯下了身；国王和他的诗人、法官跟着她赶到小屋，聚集在摇篮周围，众人像喜鹊一样叽叽喳喳。这个孩子坐起身，好奇地看着他们。

两年过去，国王去世了。诗人和法官以孩子的名义统治着国家，但是不久他们就期望他独立统治，因为没有人见过这么聪明的孩子。所有的事情越来越好，只有一件奇异的事情开始困扰他们。所有的女人，议论纷纷。这孩子的头发中开始长出灰鹰的羽毛，虽然孩子的保姆频繁地剪掉它们，但是它们很快就比过去更加茂密了。这并不是什么十分重要的事情，因为在当时这只是很小的奇迹。但是根据古老的爱尔兰法则，身体有瑕疵的人是不能登临王位的。灰鹰是天空中的一种残忍的生灵，他头发中的灰羽毛让人很难区别开毁灭与诅咒；人们也不会把他们钦佩的智慧与令人惊骇的非人类血统分离。然而，由于人民遭受了太多前任国王的愚蠢和他们自己的困境，所以当他继位之后，一切都稳定了下来；没有人为此担心，除了忧虑他伟大的智慧促使他尊重法律，从而有什么其他人来取代他的统治。

当孩子七岁的时候，首席诗人把诗人和法官召集到一起，慎重地

权衡这一切。这孩子早已经发现他周围的人都是只有头发，虽然他们告诉他，他们也曾经都有羽毛，因为祖先犯下的罪孽而失去了它们，但是他们也明白当他漫步于国家的疆域，他终将会发现真相。经过慎重的考虑，他们制定了一项新的法律，命令每个人在遭逢死亡的威胁时把灰鹰的羽毛混合到头发里；同时，他们派人拿了网子、弹弓和弓箭深入到乡下，搜集足够的羽毛。他们还颁布了法令，任何人如果告诉了这孩子真相，将会被处以死刑。

一年又一年过去，孩子从童年步入少年，又从少年成为男人，变得热衷于各种奇异与微妙的想法，抓住并区别永恒事物之间的相似点，与相似的永恒事物之间的差异。众多的人从四面八方涌来看他，咨询他，而卫兵守护着边境，迫使所有人在头发中插上灰鹰的羽毛。当他们倾听之时，他的言语让所有的黑暗光彩熠熠，又仿佛音乐充满他们的心灵，但是，当他们返回故土，他的言语似乎变得遥不可及，他们所记住的都太过奇异和玄虚，无法在他们的生活中起到作用。后来，有一些人的生活的确发生了改变，然而他们拥有的新生活少有超过以往的日子：他们中的一些人曾经为了一个美好的目标持久努力，然而，当听过他的赞美，他们返回故土却发现，过去喜爱的事物都不再那么喜爱了，因为他教授他们，怎么更细微地区别虚假与真实。其他人也是如此，有些人不曾有过努力的目标，只是沉浸于自己家庭的小小的幸福，现在却发现他们天性软弱，缺少面对苦难的准备，只是因为他向他们展示了宏大的目标；很多的年轻人，当他们听到这非凡的一切，想着这些奇异的言辞，他们觉得平凡的喜悦没有意义，而去寻找那些不可能的喜悦，从而变得心灰意冷。

在这些来访和倾听他言辞的人群中，有一位来自边远小国的公主。他对她一见钟情，因为她的美是一种不同于其他女人的美。但是她的内心和其他的女人一样，一想到灰鹰的羽毛，就陷入了恐惧。

公主被国王的奇异搞得不知所措，对于他的爱，她半是接受，半是拒绝。国王每天都赠予她商人们从印度和中国运来的礼物，而她依然在微笑与皱眉之间犹豫，在屈从与拒绝之间摇摆。他带着自己所有的智慧跪伏在她的脚下，告诉她很多甚至连仙人都遗忘掉的事情，他想她理解他的内心，因为她的美貌就像他的智慧一样。

宫廷内有一个黄头发的高个子年轻人，擅长摔跤。有一天，国王在莎莉的灌木丛中听到他的声音。"亲爱的，"他说，"我厌恶他们，逼迫你把这肮脏的羽毛插在你美丽的头发里。还有那王座上的食肉猛禽，每个夜晚都在酣睡。"然后，他迷恋的那音乐般的声音低声回答道："我的头发没有你那么美丽。现在，我从你的头发中取下了它，我想用我的手穿过你的发丝，这样，就像这样。因为它不再让我畏惧。"

国王瞬间想起了许多已经忘记的、不能理解的事情，那些来自诗人与法官的闪烁言辞，那些他认为有道理的可疑往事。他声音发抖地叫来了这对恋人。他们从莎莉灌木丛中走出来，跪倒在他的脚下请求原谅，他弯腰取掉了这位女人头发中的羽毛，一言不发，转身离开了。他来到王宫大厅，召集来了他的诗人和法官，站在台阶上，用清晰而响亮的声音说道："法官，为什么你让我违犯法律？诗人，为什么你让我与智慧的秘密为敌？法律的制定是为了人民的幸福，但智慧是上帝的杰作，没有人能够依靠它的光芒生活，它与那些致命的冰雹、暴雨和雷鸣紧密相随。法官啊，诗人啊，请根据你们族类的方式生活，让心灵敏捷的奥凯德统治你们。而我，要去找我的族类了。"然后，他来到他们中间，拔掉一个人头发里的灰鹰羽毛，接着拔掉另一个，将它们一一丢掷在王宫大厅的地板上，扬长而去。没有人敢跟随着他，因为他的眼睛内闪烁着猛禽一样的光彩。从此，再没有人见过他，或者听过他的消息。

叶芝和他的家庭

叶芝的童年时光

改编自诺琳·杜迪《叶芝的作品》

叶芝还是个小男孩的时候，在很多不同的地方居住过。他曾和父母、姐妹和兄弟居住在都柏林与伦敦，有一段时间，也曾和祖父母居住在斯莱戈郡的乡下。他的祖父拥有自己的帆船，曾经周游世界。有时候，当小威廉·叶芝仰望祖父那和蔼但严厉的面孔，他感觉到些微的畏惧，对这个高大的男人胳膊上被捕鲸铁钩造成的伤疤感到悚然。威廉的祖母温和而有耐心，他喜欢看她在花园里忙碌，照看花卉植物。这个小男孩爱上了植物与昆虫。

但最重要的是，威廉喜欢听故事。他听了很多被称为仙人的精灵故事，仙人据说是一个古老而强大的种族，羞涩又美丽。它们被确信拥有魔力，人们认为它们生存于地下。据说，古爱尔兰的伟大女王梅芙，就埋葬在瑙克纳瑞山顶，靠近威廉祖父母的房屋。

威廉就在这座山峰附近嬉戏，在花园周围追赶小狗，当它们在田野中寻觅野兔的时候，在它们屁股后悄悄跟随。有时候，小狗们即将撕咬之时，他就为自己偏爱的黑狗加油助威。那是一条尾巴被火车轧掉的长毛狗。

偶尔呢，威廉去罗西斯·波因特，或巴利索代尔，看望他的堂兄，一个拥有一匹花斑小马的小男孩。这匹小马曾经在一家马戏团里，有时候会忘记自己的所在，跑出一个又一个圆圈，引得孩子们大笑不已。

威廉的堂兄居住在一处巨大古老的房屋里，那地方曾经归属于走私犯们。房屋的下面有一个阔大的地窖，是走私犯藏匿货物的地方。有时候，在漆黑的夜晚，孩子们听到狗的吠叫，他们想象着他们可能听到了窗玻璃上三声清晰的叩击，就像是走私犯们的幽灵在发出一个秘密的信号。

威廉的想象中充满了古怪奇异的故事。他怕死了经过巴利索代尔的一处岩石，因为他相信有一个残忍的怪物，就盘踞在那里，暗中发出嗡嗡的声响。他倾听着所有来自码头上的海员们讲的故事，对他而言，这个世界上充满了怪物和奇迹。

虽然威廉喜欢倾听故事，但是他花费了很久的一段时间，才学会阅读。在学校，他的一些功课不尽人意。他发现拼写颇为困难，笔迹也不清晰。他喜欢博物学，搜集飞蛾与蝴蝶，衣袋里始终趴着一只大白鼠；有时候，则在他的书桌里。他的脑袋里总是爆发出各种想法和奇异的念头，他发现自己每次都很难专注于某一件事情。

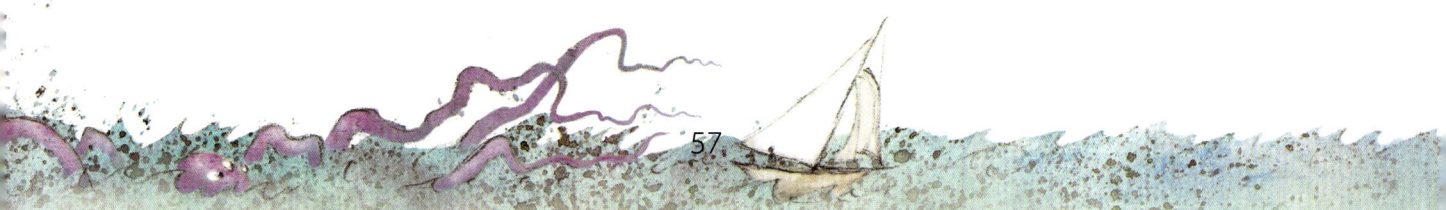

威廉在伦敦居住的时候，一次，他爬上了学校球场旁边的一棵树。坐在高高的树枝上，俯视着下面的孩子，他想着一些事情，并深信不疑，尽管他在学校的一些科目上可能不是特别优秀，但他是一个聪明的孩子，迟早有一天他会成长为一个非常有名的人。

威廉的父亲，约翰·B.叶芝，是一位声名在外的人物肖像画家。他确信孩子们不需要每天去上学，他们可以通过其他的方式学习。在都柏林的学校里，威廉告诉他的朋友，自己明天可以不用再来学校，因为他想去看某场展览，或者他要花一点儿时间，做一些自己感兴趣的事情，他们经常陷入嫉妒之中。

叶芝全家在都柏林霍斯郡的茅草屋住过一段时间。他们的房屋位于悬崖的顶部，威廉的卧室朝向大海。他把卧室窗户的玻璃取了下来，这样的话，暴风雨的夜晚，水沫总是湿透了他的床铺。有一段时间，他们居住在霍斯郡一处俯瞰海港的房子里；在舒适的厨房里，茶会之后，威廉望着来来往往的渔船，静静地听着他的母亲和一位当地渔夫的妻子倾心谈论着霍斯与斯莱戈古老的传说和捕鱼人的故事。

叶芝十一岁时的一封信

【1876年秋季，法纳姆·罗亚尔】

我亲爱的莉莉（叶芝妹妹苏珊的昵称）：

  我有两只水蜥蜴，装在一个玻璃罐子里。最初它们吃了我给的虫子，但是现在它们把虫子吐了出来。我还有几只青蛙，但我放了它们，因为我不知道怎么养活它们。我放置了一根木头作为岛屿，它们就冲了出来……我在踩高跷。在这件事上，伯爵先生的儿子表现非常好。他走进了一处水塘，陷在里面，陷得很深。你感觉到有点冷吗？我有一点儿。我搞到一种蜥蜴，名为火蜥蜴。你有青蛙吗？我有很多的……一天夜里，我的蜥蜴离开了。伯爵夫人有一天早晨过来，她把《圣经》放到了蜥蜴也在的碗柜上面。但是，当她发现它们不见了后，她害怕触摸《圣经》，唯恐手碰到了它们。我们四处寻找，但是仍然没有发现它们……

（我一个）你深情的兄长
W.B.叶芝

译者注：这封信几乎没有标点，还有几处拼写错误，但体现了他小时候对小动物的喜爱和观察力。

叶芝与他的女儿

当安妮·叶芝还是一个小女孩的时候,她和父亲威廉(W.B),母亲乔治,小弟弟迈克尔,一起居住。他们住过许多不同的房子。有一段时间,他们居住在一座城堡里,城堡的一部分是一座塔:戈尔韦郡的索罗·巴利里塔。这座塔有一条长长的,盘旋而上的楼梯。孩子们在溪水边玩耍,在花园旁边的小桥下面奔跑。他们养的鸭子,住在空地上的一间小棚屋里;而他们养的金丝鸟,多数时间都在笼子里。

叶芝全家也曾住在里弗斯代尔,那是一所巨大、舒适的房子,拥有一个美丽的花园,靠近都柏林山脉。

叶芝工作的时候需要安静的空间。夜晚之时,他在一盏古旧的阿拉丁油灯的朦胧光影下构思诗篇。在白天,当他静静地叩响手指或挥手的时候,孩子们便晓得应该离开了。他们跑到花园里,那里有一个下雨之时避雨的游戏小屋。有时候,对于安妮来说,她的父亲要么总是在工作,要么太过疲惫以至不能动弹。每当他讲给他们有趣的笑话,她喜欢听他夸张而响亮的笑声,有时候他笑的时间甚至远远超过其他人!

然而,他的头发遇到麻烦的时候,他从来不笑。叶芝有一大片白发,安妮留意到,它有时比其他时刻更加耀眼。因此,她问妈妈乔治其中的原因。乔治经常给她的丈夫洗头发,她用的洗发水有一个秘密的配方,加入了微量的利洁时蓝。而利洁时蓝,是一种用来让白色衣服保持明亮的洗洁剂。

但是,一个秋日的下午,由于使用利洁时蓝不慎,不幸的事情发生了!安妮正忙于为她面前桌子上摆放的海洋贝壳写生,房子内一片寂静;她的妈妈和年幼的迈克尔出门做客去了。安妮沉浸在绘画中,但是她听到了楼梯上父亲的拖鞋后跟和前门关上的声音。

稍后,她听到他步下楼梯,当她从绘画中随意地抬眼一望,被眼前的景象惊呆了!安妮含着笑意,说她的父亲看上去多么英俊啊,他的头发与穿着又是多么地协调,直到她突然大笑起来。像往常一样,她的父亲衣着干净无瑕。他穿着一件银灰色的西装,海绿色的衬衣,但是,使得他的女儿目光呆住的他的头发,完全变成了蓝色!叶芝没有因此被逗笑,原来他的洗发水加入了过量的利洁时蓝。

心不在焉对安妮的父亲从不是什么新鲜事。有一次,他忙于和一位朋友谈话,以至于猫就在他鼻子底下吃掉了原本计划做晚餐的鸡。而且,他的一只眼睛几乎失明了,也不能使他专心。安妮相信,有一天他会认不出她来,因为他的一只眼睛模糊不清,他又心不在焉。有一次,她乘坐巴士从学校回家,叶芝上车就坐在旁边,也没有看见她。到站停车时,她跳下车跟在他的身后,但是,叶芝仍然没有看见她。安妮看到他敲叩着手指,就知道他的心思被诗歌搞得心烦意乱。当他们抵达花园门口,他牢牢地把门关在身后,茫然地望着另一边的他的女儿,不知道她是何人。安妮觉得,心不在焉的父亲无论是不是诗人,都需要更多的理解!

一个朦胧的夜晚,安妮无法入睡;房子内一片寂静,但是楼梯上传来一声低沉的飕飕声。安妮小心翼翼地从床上爬起来,依靠着楼梯栏杆缩成一团,她凝视着门廊下面的父亲。他高高地站立镜子前面,肩披一件扫着地板的黑色斗篷,戴着有一条黑色丝带的单片眼镜。一只手拿着一顶扁平的歌剧礼帽,突然,他甩动手腕,接着礼帽变大起来，成了一个高顶礼帽，他轻轻地戴在了头上。孩子屏住了呼吸；对她而言，叶芝在那个时刻就像魔法师一样。虽然当时安妮并不知道，事实上，她的父亲在神秘主义和魔法方面极为精通。

叶芝的智慧

——译后记

每次重读叶芝，都有新的发现。

被他认知自然与人世的独特方式，丰富、卓越而迷人的想象力，敏锐的感受力，以及文字中的灵性所打动。

叶芝研究专家诺琳·杜迪的这个叶芝诗文选本非常专业。文体的组成（诗、谣曲、童话、故事）、篇目的选择、风格的倾向、附录的引导，乃至阅读的节奏，都完全遵从儿童的心理。这是一部如何更感性地、立体地、迅速地认知世界的智慧启蒙之书。

开篇序诗，即阐明了诗是一个人如何生出超越众人的羽翼的重要途径。而这本书，则是使翅膀丰满、有力，使未来清晰、坚定的一座神奇宝藏。十二首诗与谣曲，就是十二种感性的思考方法；两则叙事作品，一则讲了一双会移动的靴子的故事，有些灵异和恐怖，但本质是指向叶芝执信的万物有灵，是儿童如何面对世间万物的心灵塑造；另一则是长羽毛的国王的童话，则指向了一个人如何进行自我判断与增益信心，成为独一无二的自己。

附录部分的结构，也很见专业的态度。"叶芝的家庭"是说家族美学传承的重要，"童年时光"是说家庭的熏陶对叶芝的意义，那一封充满拼读错误的可爱简信，则在说明他儿童时期的爱好对其未来的影响。尤为难得的是，附录中还收录了叶芝的女儿安妮写的一篇回忆，她深情回忆了父亲写作时的习惯，告诉了我们在敏锐的观察、灵动的文字背后，还需要严谨的写作态度，才造就了这位伟大的诗人。

本书的插画颇有示范价值。艺术家夏娜·雪莉·麦克唐纳，精确展示了叶芝诗与童话的核心细节后，将重点放在了这些文字背后的气息上，用与诗文相衬的色彩，层层加以渲染，构成了带入感极强的诗意的、神秘的意境，令人不觉沉迷其间。

我要赞叹这本珍贵的叶芝诗文绘本！

周公度

2018年夏天　上海

参考书目

《叶芝的诗》，诺曼·杰夫勒斯选注，吉尔与麦克米伦出版社，都柏林，1989。

《叶芝的神话故事》，沃里克·古尔德、迪尔德·图米选编，帕尔格雷夫麦克米伦出版社，贝辛斯托克，2005。

《叶芝1900年后未收录的文章与评论》，科尔顿·约翰逊选编，斯克里布纳出版社，纽约，2000。

《爱尔兰神话故事》，W.B.叶芝编著，T.费舍尔·尤恩出版社，伦敦，1892。

《叶芝书信全集·第一卷1865—1895》（叶芝书信集系列），主编约翰·凯利，副主编埃里克·多姆维勒。牛津大学出版社，牛津，1986.

《叶芝自传：童年与青年时代的梦幻曲》，麦克米伦出版社，伦敦，1991。

THE MOON SPUN ROUND: W. B. YEATS FOR CHILDREN by W. B. YEATS (AUTHOR), NOREEN DOODY (EDITOR, INTRODUCTION), SHONA SHIRLEY MACDONALD (ILLUSTRATOR)

Copyright for compilation, introduction, and 'Yeats and His Family' © Noreen Doody

Copyright for illustrations © Shona Shirley MacDonald

Copyright for typesetting, layout, editing, design © The O'Brien Press Ltd

This edition arranged with THE O'BRIEN PRESS LTD

through BIG APPLE AGENCY, INC., LABUAN, MALAYSIA.

Simplified Chinese edition copyright: 2018 Chongqing Publishing & Media Co., Ltd.

All rights reserved.

版贸核渝字（2017）第052号

图书在版编目（CIP）数据

旋转的月亮 /（爱尔兰）W.B. 叶芝著；周公度译. — 重庆：重庆出版社，2019.4
ISBN 978-7-229-13667-3

Ⅰ．①旋… Ⅱ．①W… ②周… Ⅲ．①诗集－爱尔兰－现代②神话－作品集－爱尔兰－现代 Ⅳ．① I562.15

中国版本图书馆 CIP 数据核字（2018）第 255386 号

旋转的月亮
XUANZHUAN DE YUELIANG

［爱尔兰］叶芝 著　周公度 译　诺琳•杜迪 编选　夏娜•雪莉•麦克唐纳 绘

责任编辑：周北川
责任校对：刘　艳
装帧设计：王平辉

重庆出版集团
重庆出版社　出版

重庆市南岸区南滨路162号1幢　邮政编码：400061　http://www.cqph.com
重庆豪森印务有限公司印刷
重庆出版集团图书发行有限公司发行
E-MAIL：fxchu@cqph.com　邮购电话：023-61520646
全国新华书店经销

开本：889mm×1194mm　1/16　印张：4.25
2019年4月第1版　2019年4月第1次印刷
ISBN 978-7-229-13667-3
定价：48.00元

如有印装质量问题，请向本集团图书发行有限公司调换：023-61520678

版权所有　侵权必究

湖水中的史留斯丛林
位于乱石嶙峋的高地斜坡上，
有一个绿荫覆盖的小岛。
在那儿苍鹭拍打着翅膀，
唤醒昏昏欲睡的水鼠；
在那儿我们藏起了仙人们的大桶，
装满各种浆果
和偷来的鲜红樱桃。

　　选自《被偷走的孩子》，叶芝

　　威廉·巴特勒·叶芝出生于1865年，是画家约翰·巴特勒·叶芝的儿子。他被誉为20世纪英语世界最伟大的诗人之一。1923年，因为"他永远充满灵感的诗歌"被授予诺贝尔文学奖。

　　在《旋转的月亮》一书中，叶芝的研究者诺琳·杜迪博士选编了叶芝对所有年龄的读者都充满吸引力、深受喜爱的诗歌和童话。